Les p'tits mensonges de
Benjamin

Pour Cameron, Lauren et Katie — P.B.

Pour mon fils Robin — B.C.

Données de catalogage avant publication (Canada)

Bourgeois, Paulette
    Franklin's Fibs. Français.
    Les p'tits mensonges de Benjamin

Traduction de: Franklin's Fibs.

ISBN 0-590-73716-3

I. Clark, Brenda. II. Duchesne, Lucie. III. Titre.
IV. Titre: Franklin's fibs. Français.

PS8553.087F7314 1991 jC813'54 C90-095128-1 PZ23.B6Pt 1991

Édition publiée par Les éditions Scholastic, 123, Newkirk Road, Richmond Hill (Ontario) L4C 3G5, avec la permission de Kids Can Press Ltd.

6 5   Imprimé à Hong-Kong   7 8 9/9

Les p'tits mensonges de
Benjamin

Paulette Bourgeois
Illustrations de Brenda Clark

Texte français de Lucie Duchesne

Les éditions Scholastic

Benjamin sait glisser tout seul dans la rivière. Il sait compter à l'endroit aussi bien qu'à l'envers. Il sait remonter sa fermeture éclair, boutonner sa chemise et même nouer ses lacets. Mais Benjamin n'est pas capable d'avaler soixante-seize mouches en un clin d'oeil.

Et c'est un problème, parce que Benjamin a dit qu'il pouvait le faire. Il l'a dit à tous ses amis. Benjamin a menti.

Tout cela a commencé avec Ourson.

«Je peux grimper à l'arbre le plus haut», se vante Ourson.

Et il monte au sommet d'un pin.

Puis Faucon déclare : «Je suis capable de voler au-dessus du champ des petits fruits sans agiter mes ailes.»

Et il plane au-dessus de la forêt et au-dessus du champ des petits fruits sans ébouriffer une seule de ses plumes.

«Je suis capable d'abattre un arbre rien qu'avec mes dents», se vante Castor.

Et Castor se met à grignoter un côté de l'arbre, puis l'autre. Les copeaux de bois volent dans tous les sens. L'arbre tombe dans un gros craquement.

«Et, ajoute-t-il, je suis capable de construire un barrage tout seul.»

Benjamin n'est pas capable de grimper aux arbres. Il n'est pas capable d'abattre un arbre. Il n'est pas capable de voler. Et il ne sait plus du tout ce qu'il est capable de faire. Alors il ment.

«Je peux avaler soixante-seize mouches en un clin d'oeil», dit-il.

Ses amis sont stupéfaits.

«Regardez-moi bien», leur dit Benjamin.

Benjamin avale deux, quatre, puis six mouches.
«Voilà!»

«Mais tu as avalé seulement six mouches!» lui lance
Faucon.

«Il y en avait seulement six qui volaient, répond
Benjamin. Et je les ai avalées en un clin d'oeil. J'aurais pu
en manger soixante-dix de plus.»

«On verra», dit Castor.

Benjamin fronce les sourcils. Il sait bien qu'il est
incapable d'avaler soixante-seize mouches en un clin
d'oeil. Absolument incapable.

Ce soir-là, Benjamin n'a pas faim.

«Qu'est-ce qui ne va pas?» lui demande sa maman.

«Je ne suis pas capable de manger soixante-seize mouches.»

«Moi non plus», dit son père.

«Moi non plus», dit sa mère.

«Vous n'êtes pas obligés de le faire, répond Benjamin d'une voix triste. Mais moi, je dois y arriver.»

Benjamin leur raconte l'histoire des mouches.
Sa mère hoche la tête; son père fait «Hum».
«Tu as beaucoup d'imagination», lui dit son papa.

Le lendemain matin, ses amis l'attendent. Castor a apporté une surprise.

«Mange-les», dit-il d'un ton malicieux.

Benjamin enroule une chaude écharpe de laine deux fois autour de son cou.

«Je ne peux pas, dit-il d'une voix tout enrouée. J'ai mal à la gorge.»

Ses amis éclatent de rire.

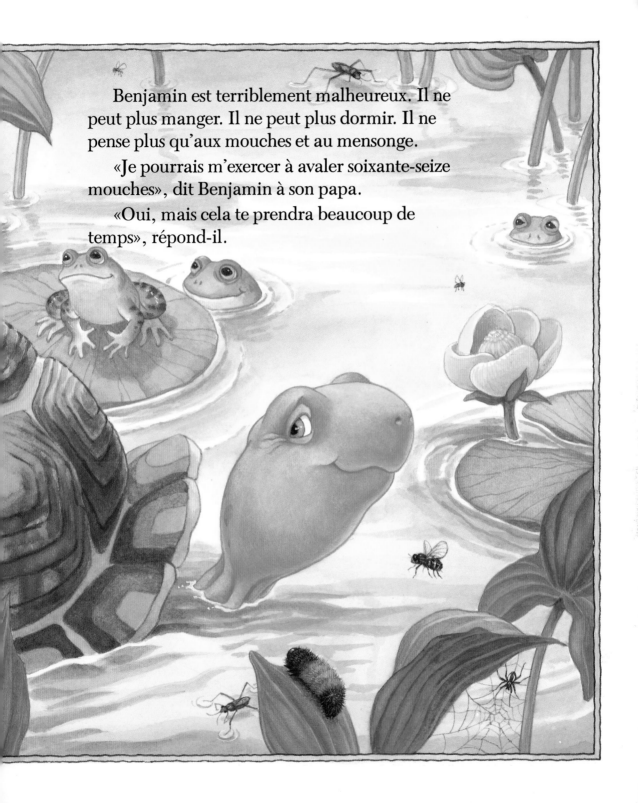

Benjamin est terriblement malheureux. Il ne peut plus manger. Il ne peut plus dormir. Il ne pense plus qu'aux mouches et au mensonge.

«Je pourrais m'exercer à avaler soixante-seize mouches», dit Benjamin à son papa.

«Oui, mais cela te prendra beaucoup de temps», répond-il.

«Je pourrais arrêter de jouer avec mes amis», dit Benjamin à sa maman.

«Oui, mais tu vas te sentir bien seul», répond-elle.

«Je pourrais leur dire que j'ai menti», dit Benjamin.

«Oui, répondent ses parents. Et tu peux aussi leur montrer ce que tu es *capable* de faire.»

Le lendemain ses amis l'attendent.

«Je ne suis pas capable d'avaler soixante-seize mouches en un clin d'oeil», admet Benjamin.

«C'est bien ce qu'on se disait», répond Ourson.

«Mais, ajoute Benjamin, je suis capable d'avaler soixante-seize mouches.»

Les amis de Benjamin soupirent.

«Pour vrai!» insiste Benjamin.

Benjamin court chez lui.

Il prend les mouches, un bol, de la farine, du lait, des oeufs et du miel. Il brasse le mélange, il roule la pâte, et fait cuire le tout. Finalement, il est prêt!

«Regardez-moi bien!» annonce Benjamin, et il engouffre d'un coup la tarte aux mouches.

«Et voilà!» fait-il en se léchant les babines.

«Incroyable! Qu'est-ce que tu sais faire d'autre?» demande Castor.

Benjamin est tout enhardi par sa réussite. Un peu plus, et il va dire à ses amis qu'il peut avaler d'un coup *deux* tartes aux mouches.

Puis il y réfléchit à deux fois et ne dit rien du
tout. Même une tortue peut se fatiguer de manger
de la tarte aux mouches . . .